김건중 시집 | 길 위에 새벽을 놓다

초판 발행 2015년 11월 18일
지은이 김건중
펴낸이 안창현 **펴낸곳** 코드미디어
북 디자인 Micky Ahn **교정 교열** 성건우
본문 그림 김건중

등록 2001년 3월 7일
등록번호 제 25100-2001-5호
주소 서울시 은평구 갈현1동 419-19 1층
전화 02-6326-1402 **팩스** 02-388-1302
전자우편 codmedia@codmedia.com

ISBN 979-11-86104-29-3 03810

정가 10,000원

길 위에 새벽을 놓다

김건중 시집

작가의 말

안개 자욱한 길이 희미한데
늦게 시작한 시문학에 젖어
한껏 차분하게 생을 건너다볼 수 있어 좋았습니다.
선지자의 시를 읽으며 그 맛있는
풍요가 입안 가득 행복지수를 높여 주었습니다.
시 문학이 무엇인지 전혀 모르며 직장 생활 30여 년을 보내고
평소에 관심이 컸던 그림 공부(한국화)를 시작.
10여 년, 공을 들인 후 어설픈 첫 개인전을 열 때 떨림과 같이

시집을 내면서 설익은 감의 뜹뜰함 같은
여린 심정을 금할 수 없습니다.
그러나 80여 인생을 살면서 살아온 과정과 생각을
돌이켜 본다는 것도 흥미로워 감히 평소의 생각을 모아
시어로 엮어 봤습니다.
풋풋한 젊음의 감성과 지성에 비해
추하고 고루한 생각으로
독자에게 느껴질지 모른다는 염치를 알기에
다소곳이 시어를 다듬어 보이니
어떤 늙은이의 푸념이라는 생각으로 일독해 주면 합니다.
그동안 지도해 주신 지연희 선생님께 감사의 말씀 드립니다.

김건중

Contents

1

길 위에 새벽을 놓다

2

그리움 담아

Contents

4

갈잎은 울지 않는다

Contents

5

방황의 늪

1

길 위에 새벽을 놓다

빈, 하루 閑日

온 하루가 비어있다
전화기도 숨죽이고
TV도 말문 닫고
아내마저 출타하고
가을 햇살 슬금슬금 마루에 기어 오는 오후

굴곡진 세월 허풍처럼 펼치고
정막이 몰고 온 옛일 다림질하다
게눈 감추듯 잃어버린 젊음

손에 잡힐 듯한 별 하나
반올림만 하여도 닿을 것 같은
허상 꿈꾸다
푸르렀던 나뭇가지에 잎사귀 하나
고요 속에 떨어지는 소리 허공에 선다

80곡예 曲藝 무엇을 위해
춤을 추었는지
되돌아가는 세월의 다리 없어
고무풍선 바람 빠지듯
맨손 쥐고 있다

창문 열고 밖을 보니
빈 하늘에 구름 한 조각 한가로이 퍼져 있다

길 위에 새벽을 놓다

깜깜한 밤의 어둠이 더듬더듬 내려앉는
성지 같은 고요가 흐드러지게 피는 새벽
뭐 하나 건져낼 수 없는 빈 허공이다

그리움 같은 안개 데리고 마중하다 보면
꿈결에 만난 선녀의 모습으로
밤이 토한 상큼함 알싸하다

황홀이 바라보던
맨드라미 꽃잎 가에 노란 이슬 맺혀
꽃 뿌리 촉촉하게 기지개를 켜는 소리
바람 없는 가지 위에 수를 놓고
꽃의 언어로 귓속말 다듬는다

산모의 진통 같은 건 아예 없었다
빈 발자국도 아직 숨죽이고
신성한 하늘만 걸어놨는데
아스라한 어둠 차분히 잦아질 때
부지런한 박새 한 마리 눈만 때꿍

어떤 집 아가 잠든 소리 아직 평온한데
환경미화원 무거운 손수레가
바람 빠지듯 새벽을 가른다

빈, 발자국

하얀 눈 소복이 쌓인 이른 새벽
까치 발자국 나란히 걸어갔다
뒤를 쫓아 안개비 제치고
꺾어진 등걸 나이테 물으니
흥얼거림 알 수 없는 대답

새벽 읽다가 지난 세월 문 열고 닫으니
신비로운 꿈속 모험으로
풋풋한 푸르름 흘러간 자리
즐거웠던 긴장 머물고
성큼 다가온 어둠의 발자국
꿈처럼 잠기듯
시간은 뭉텅뭉텅 추억을 베어내고 있었다

이제 항구 문 닫히고
깜깜 밝혀줄 등대 하나 없는
고도에 앉아
혀끝에 말은 마르고
닳아진 구두창에 흙먼지만 소복

버석거리는 망막 속에
풀벌레 눈감아 스쳐 간
세월의 나리꽃 여덟 송이
덧없이 피어있다

가을 빛

여름에서 가을로 접어드는
초가을 햇빛은 따사롭다
입추가 추석을 끌어오고 있는 고운 빛
폭서의 핏발선 독기 버리고 다소곳이 내려앉아
나무 그늘 짙게 끌고 간다

붉은 고추 따는 할머니의 삼베 적삼
등짝에 땀 거두고
이제 막 며느리가 내건 빨랫줄에
새물내 한 방울 자르르 흘러
순한 바람에 퍼진다

수수밭 사이로 서성이며 흐르는 빛은
바람으로 헐렁이며
벼 이삭 수그리라고 다독이며 지나고
억세게 노래 지르던 매미 소리도
한층 잦아드는데
떠날 채비하는 제비 떼들
물바늘 일으키는 강물 위를 낮게 난다

폭서 밀어내고 찾아온 간지러운 빛은
오두막집 넝쿨에 매달린 하얀 조롱박

몸짓 늘리고
맨드라미 꽃잎에 살포시 앉은
고추잠자리 나래 위에
평화를 내려놓는다

흔적

저녁노을 아파트 베란다에 지고
아내의 화단을 멀거니 바라본다

누에 꼬치 명주실 뽑아 올리듯
뒤안길 돌아보며 불면의 밤 지새웠다

뒤로만 돌아가는 시계추 따라
세월의 강 드리우니
한 호흡도 못 되는 들숨, 순간에 지나가 버렸다

이것은 아닌데
사는 것이 이것이 아닌데 하면서도
그 길 따라 밝은 날보다 검은 밤 지샜고
그 손 좀 놓아라 할 때 움켜쥔 손 펴지 못했다

아파트 창틀에 억지로 마련한 까치집 새끼들처럼
불안, 불안 살았고
희망과 슬픔의 빛과 그림자도 모른 채
스스로 장미 한 송이 키우지 못했다

바람의 흔적은 가로수 뿌리라도
흔들어 넘어뜨리지만

사람의 악다구니는

산마루 그늘 강가에 묻혀 부서질 때야

돌비석 하나 세우고 간다

언덕 너머

고요의 소리 자욱한 한밤
초인종 늦은 잠 깨우는 데
한 컷의 졸음이 어슴푸레하고
산을 넘어온 파란 바람
날 것으로 살아온 삶의 언저리를 훑는다

합죽선 부챗살 펴듯 영역을 넓히고
무지개 타고 넘는 고개
감청빛 꿈꾸며 살아왔지만
한쪽으로 망부석된 여인의
고독 감출 수 없었고
구릉지에서 헛된 꿈 난파선 만나
죽음의 늪을 돌다가
까치의 울음소리에도 일비일희하며
태초의 양지를 더듬거려 살아왔다

이제 뜨거운 첫물 물속에서 서서히 식어
굳은 쇠 되듯이
먼 여로의 품속에서
하나의 오얏씨를 씹으며
막장의 징소리 울림으로 퍼지는데

그 언덕 너머에는 코스모스 피고
민들레도 피어 있는지
묻는 사람 많지만
대답하는 사람 없다

뚝배기

골목 휘어져 돌아가는 길목
하얀 서리 찬 창틀 안에
옹기종기 허기 채우는 저녁 감자탕집

돌아가도 반길 사람 없는 독거노인
뚝배기 감자탕 끓는 김을 훑으며
서러운 한 끼를 채운다

테이블 마주 앉은 두 노인
텁텁한 막걸리에 취기 오르는지
내 자식은 의사인데 용돈 많이 주어
세상 살맛 난다는 헛소리
"암. 당신 아들 효자지" 맞짱을 뜬다

40년을 뚝배기와 삶을 같이한
늙은 주인 할매
흰 모자에 두꺼운 안경까지 걸치고
국물 모자라면 퍽퍽 퍼주는 인심까지

양은 냄비에 밀리고
반짝거리는 사기그릇에 채여
시장 옹기 집에서도 뒤켠으로 물러난 뚝배기
어머님의 손 등결 같은
감자탕 순댓국집만 찾아왔는데

감자탕 끓는 소리에
60촉 형광등에 눌어붙은
맺힌 주름 시원하게 퍼진다

봄날의 꿈

진달래 꽃잎 깊게 진홍빛으로 물들이고
서산마루에 해 저문 저녁
몸짓 가려워 무심코 걸은 곳이
바로 그대 집 앞

행여 창밖에 얼굴 내미는 소리 있나
기웃하다가 스스로 겸연쩍어
아이들 다 돌아간 그 집 옆 학교 빈 운동장에
멍하게 서 있다

그대 방에 불빛 새 나와
초승 달빛 마당 한 켠 함박꽃잎
부딪쳐, 찬란한 봄을 읽고

맑은 기억 훔치도록 사무친 그리움
작은 바람만 불어도
그대 목소리 닿을 것 같은데
봄, 밤 새싹 돋는 소리만 쿵쿵거린다

멀리 들려오는 개구리 소란스러운 울음도
사랑의 늪으로 빠지고
앞산 꽃들의 화려한 밀어도 한창인데
서늘한 봄, 밤
꿈에 젖어 열병 앓는다

꼭짓점을 향해

안개 얇게 깔린 그림자
끈적거리게 태어난 생명
이마에 땀 솔솔 흘리는 방황의 날개 끝에
애호박 자라듯 무성하게 꿈을 쫓아
금송이 같은 꽃을 향해 오름길 달려왔다
비 온 뒤 죽순 허벅지게 자라듯
꿋꿋하게 일어서

개구리 멀리 뛰기 위해 자세 낮추듯
힘겨운 정열 태우고
젖비린내 나는 황토굴에 빠지기도 했다

달빛 아지랑이 속에
견고하게 빌었던 사랑
혼절로 식어가는 늪에 빠져
사랑의 온도계가 한 움큼씩 떨어져
해 걸음 멈춰서는 저녁
하늘을 우러러 시린 가슴 쓸어내고
흑비로 젖은 삶의 행간이 어둡다 해도

이미 꼭짓점에 와 있다고 할 때
바람새 넘는 곳에 헛방귀 뀌고
푸른 꿈은 지나 벼랑으로만
길 하나일 뿐이라도
그저 허허남으로 남고 싶다

봄, 스쳐간 자리

고요를 짚고 깨어난 봄날 아침
바람 없는 푸른 잔디 위에
라일락 향기가 긴 하루를 여는
키 늘린 봄볕은 따스하다

갖가지 꽃부리 향연 요란한데
수줍게 핀 목련꽃
목이 긴 옛날 그대 모습 닮아
한쪽으로만 기우는 해를 잡고
순백의 마음 흔들어
사랑의 끈을 늘리는데

하늘의 어깃장은
시샘하듯 사랑의 우듬지에
걸어놓을 숨 주지 않고
비바람 몰고 와

벚꽃, 목련이 와르르
땅을 짚어 짓밟는다

남루한 하루가 가고
그대를 향한 매몰찬 외침이
봄이 스쳐 간 빈자리
까칠하게 보고 섰다

길을 묻다

안개 자욱한 험한 길
내비게이션은 길을 찾아 잘도 가는데
삶의 현장에 선 사람
칠흑 같은 캄캄한 밤
방황의 열쇠 찾지 못해
비껴간 햇빛처럼 철렁하게 서 있다

아파트 편지통 반송함에 꽂힌 편지 한 장도
우체국 다시 돌아 제자리 찾아가는데
가도 가는 것이 아니요
와도 온 것이 아니고
돌아가도 돌아온 것 없는
제자리 찾지 못하는 방황의 끝
낡은 배 한 척 항구에 묶여 만선의 꿈을 꾸듯
뒤안길 쫓아 허덕이고 있다

오늘의 어제는 없고
내일의 어제만 있는
냉엄한 주소지에서
고개 돌린 나그네의 하품처럼
허전한 그날에 그날
끝내 허방에 빠질 줄 몰라
길을 묻고 있다

순간瞬間

별 헤이다가 조는 사이
날벼락 하늘을 가르는 순간
좌르르 무너져 내리는 전율

세상 공간에 작은 것 하나 내 것이 아니듯
억지로 초승달 엮어 보름달 만들고
날실, 씨실로 금방석 만들어
빛의 요정으로 풍성을 노래 지르다
홍매화 피는 시절 지나고
짙푸른 눈송이 퍼질 때
허황한 거리에서 호랑나비
하나 잡고, 공허한 순간일 뿐

맨주먹으로 혼절의 막간
거꾸로 막아 아픔의 돌덩이 하나
벗으려 가슴 열어 용트림하지만
막장의 깊은 터널 길 하나 내놓고
쓰디쓴 잔액을 토해내야 한다

짧게 살아도 긴 삶이 있고
길게 살아도 짧은 세월 있으니

세상 언저리 잠깐 긁다가 가고 마는

쫍혀진 시간 넉넉함 주는 사려 있다면
벽제길 담벼락에 풀죽은 조화가
그렇게 눈물지게 서럽지는 않을 것을-

착시錯視

얼핏 정오의 햇빛 정면으로 쳐다보다
아찔하게 캄캄한 현기증
빛으로부터 착시錯視를 잡고
신비로운 꿈속 모험으로
남모르게 재단되어
서럽게 울부짖는 삶의 모습들

눈꺼풀 콩깍지 씌어 노란 꽃잎으로
사랑했던 덧니의 상처를 안고
속 빈 강정처럼
빈 수레바퀴 돌리듯 허풍 세상 이루고

푸른 꿈 키워 큰 숲 이루겠다고
곱게 포장하고 거짓소리 늘려도
낙엽 지는 가을 단풍들어
명태 눈 허공 쳐다보듯
멍한 구름만 뜬다

땅은 평평하지 않고 둥글다는
스스로 느낄 때
길 잃은 나그네에게 오늘 사는 마법
알려줄 수만 있다면
수많은 착시 속에 슬픈 날 잊을 것을

겨울 까치

세찬 바람 부는 겨울 도시의 변두리
아파트 곁에 삶을 차린 까치는 늘 불안하다
아침 밝아 빈 가지에 지저귀는 울음소리
기뻐서야 울겠느냐 슬픔이 어디까지인지

메마른 나뭇가지 사이를 횡하게 돌아
아파트 시멘트벽을 훑고 지난
까치 소리는
까칠하게 맨바닥을 긁는다

숲을 지나 푸성한 잎사귀를 스쳐 푸적지게 우는
여름 까치 소리와는 영 딴전이다
맑은 귀를 가진 자만이 들리는
고향 떠난 목멘 소리

흔들리는 겨울 모진 흙바람에
봄을 쪼는 기다림 목청을 길게 뻗고
속바지 길게 끌고 가는 할머니
뒷자락을 쫓아 먹이를 호소하지만
쇠붙이 녹스는 소리 헛바람만 일렁인다

시골 까치밥으로 남긴 홍시 하나 어쩌자고
도시로 나와

서쪽으로 지는 해울음에 목이 젖어 우는가

꿈을 깨지 말라

낮도 아니고 밤도 아닌
졸음 두께가 얇아지는 혼미 속에
지나온 시간 몽탕그려 환상처럼
잠기듯 고요가 몰고 온 침묵

젊디젊은 시절 곱씹어
식어버린 언어들을 꺼내어
명도 낮은 어둠을 깔아 놓고
화덕에 불을 붙이는 꿈을 꾼다

구름 위에 달 가듯이 가버린 세월
키가 자라듯 꿈은 넓어지고
절망의 모서리에서도
이름을 바꿔 달며
삶의 행간을 적셔온 나날들

일어선 자만이 볼 수 있었던
시대의 아픔과 고난의 칼바람
꿈속에서도 더듬거림으로
산을 넘고 고개를 넘어
바닷가에 모래시계처럼
돌다 다시 돌아보는 시간의 열병

몹시 푸르게 복사꽃처럼

살아왔나 했는데

서쪽으로 지는 햇빛에 방사된

생의 여정이 하나의 꿈만 같아

꿈을 깨지 말라는 외마디 소리가 허공에 뜬다

갈잎사랑

찬 서리 거듭 내리고
문풍지에 바람 새 들어오는
가을 저무는 빈 가지에
허황한 하늘빛이 노랗다

가을 잎 떨어지는 것은 긴 이별의 당초인가
앞서 오는 동절冬節의 노래인가

구르는 낙엽 위에 사랑 끝머리
임 떠날 때 밟고 가던 그 길목
돌아보지 않는 썰렁한 뒷모습에
끝내 채우지 못한 사랑의 불꽃
눈물 고였던 사랑

헐렁이는 머리카락에 흰빛 씌워
아픔에 시려오는 철렁한 잎들
야위어가고 떠나는 것들 앞에
오래된 세월을 쓸듯
촌부가 낙엽을 쓸고 있다

2
그리움 담아

02
그리움 담아

들판에 서서

저 멀리 산마루에 서서히 황혼 내려앉고
안개 자욱이 번져가는 넓은 벌판
방황의 끈 매달고 갈 길 묻는다

황금 같은 누런 벼 모두 잘려 곳간으로 가고
잘린 뿌리 자락에 뒷풀만 솟아
농부의 흥겨운 노랫가락도
메뚜기의 사랑싸움도
모두 끝난 빈자리에
원두막 하나 한쪽 받침대 꺾여
쓰러지듯 서 있다

벼 이삭 주워 먹겠다고 내려온
꿩 새끼 두세 마리 보이고
언덕 너머 마을 뒤켠
미루나무에 매달린 두어 개의 까치집
하늘로 솟아
저녁노을에 묻힌다

벌판에 젖줄 되어준
도랑물도 흘러 땅 밑으로 스며드는데

아버지의 삽 들고 오시는 빛바랜
흑백 사진 한 장 포개져 저문다

엄메야

등성이 휘어진 긴, 긴, 목화밭
목화솜 이불 만들어 아들 장가 보낼라
호미처럼 굽어버린 늙은 엄메야

금방 쏟아질 듯 구름 떼 몰려오고
생때같은 큰 자식 빨치산에게 묶여
끌려가던 그날 밤

뒷산에 서닥바위에는 빗물이 고였고
한 많은 소쩍새도 울지 못해
긴 나래 접고 돌아갔단다

머리에 흰 띠 두르고 누워버린 엄메는
야무진 황달병에 거친 숨 몰아쉬고
늦은 밤 외양간엔 늙은 황소가 눈만 멀뚱, 멀뚱,
쇠죽 쑤는 가마솥은 까맣게 식어버렸고
불 지피던 부지깽이는
그만 잠이 들었다

엄메야~
메아리가 없다

소낙비

꿈길에 굳어버린 약속이다

한밤에 소낙비 유리 창문 몰아쳐 때릴 때
심장의 뜨거운 검은 피 쏟아져
추억의 그림자
방황의 다리 놓는다

빗발 소리 후두닥
슬프디슬픈 음악 하나 흐르고
가슴속 멈춰선 그대 사랑
저미는 가슴 통째로 몰려와
폭포수로 남는다

사랑의 꼭짓점에서
휘영청 밝은 날 보자는
다시 곰삭이는 열병 돋아나
소나기 끝나면 이 밤 깨질까 봐
진한 꿈길 잡고 떠는 조바심

햇살 퍼지는 아침 호랑나비 한 마리
꽃부리에 앉아
어젯밤에 무슨 일 있었느냐고 묻는다

조롱박

살림 구석진 곳 치우다
뜻밖에, 어머니 생전에 손때 다닥다닥 붙은
조롱박 한 개 뛰쳐나왔다

쌀 뒤주에 엉겨 붙은 어머니의 냉가슴
서럽게 앞길 가린다

감자밥도 먹기 어려웠던 시절
쌀 뒤주에 박힌 조롱박은
시아버지, 새끼들 밥상에 올릴
쌀 한 톨 없을 때
곰 삭이는 아픈 마음 마를 날이 없었다

수줍게 흰 박꽃은
시골 뒤안간 지붕 위에 넝쿨 뻗어
아침 햇살에 꽃잎 열고
저녁 달빛에 꽃잎 닫아
만삭의 배를 키우고
숙명처럼 조롱박 되어 뒤주 속에 살림 꾸렸다

뒤주는 늘 바닥을 긁고
조롱박은 배고픈 하품만 하고 있었다

세월은 가고 임도 또한 가신 지 오래인데

좀 쏠어 뚫린 구멍으로

백옥같은 어머니의 환영이 쓸쓸하게 웃고 있다

장독대

참새 떼가 호박 넝쿨 따라 울타리에 모여 앉아
짹짹 아침을 연다

장독대는 부엌 뒷문 허리 굽은 어머니가 통하는
울타리 옆에 정갈하게 줄지어 있다

옆에 있는 오동나무 그림자도 얼씬 못하게
양지바른 곳에 앵두나무 한 그루 품고
배가 부풀어 크고 작은 옹기 항아리는
올메 졸메 모여 모자를 쓰거나 벗겨져 있다

여덟 식구 입맛 맞추려 햇빛 따라 계절 따라
장독을 열었다 닫았다를 수없이 반복하는
어머니의 정성 어린 식품 공장이다

수많은 장독에는 몇 년 된 된장인지 몇십 년 간장인지
김치, 고추장, 온갖 장아찌까지 곰삭은 정도 따라
어머니 가슴에 표찰이 붙어있다

된장 맛 좋기로 소문나
이웃집 아낙네 된장 좀 달라는 말
주걱으로 퍽퍽 퍼주는 어머니의 넓은 가슴이고

깊은 밤에 정안수 떠 바치고 용왕신께
소원 들어 달라고 비는 신성한 곳이었다

며느리 보려거든 그 집 장맛부터 보라는 당부
누나에게 이를 만큼
어머니는 장독대에 있을 때 더 아름다웠다

그리움 담긴 장독대
어머니 향기나는 된장 맛본 지가
너무도 오래이다

금혼일金婚日

그대 만난 지 얼마 되었다고
어느덧 반세기를 넘는 금혼일金婚日인가

형식 갖춘 자식들 허드레 인사로
축하한다고 말하고
손자, 손녀마저 제집 찾아간

푸석한 밤, 잠이 오지 않는 듯
벼개 고쳐 들고 돌아눕는 당신
눈가에 깊은 주름 검버섯 낀 얼굴
시고 매운 뿌리 얼마나 깊었었나
가슴 열어 세월 더듬으니

어제 같은 젊은 20대
이제 그만 만나자는 그의 한마디에
뜬 눈으로 밤을 지새고
떨리는 손가락 전화번호 돌릴 때
창밖에 첫눈이 내려 화답해 주었다

50년 살을 맞대고 살아온 동안
사랑의 갈증에 새벽을 여는 아픔이 얼마였나
갈잎 같은 세월의 강
건너랴 힘들인 오찬은 어찌했나

이제 당신의 웅어리 소리에도 귀가 열리고
눈으로 말해도 알아듣는
무던한 세월 되었는데

따스한 고비 언덕
손잡고 같이 가자는 어설픈 기약 허공에 멈춘다

군사 우편

한 오십삼, 사 년 전이면
희미한 기억마저 잦아질 것 같은데
콩알 튀어나오듯
우뚝우뚝 떠오르는 사랑의 열정 시대
굴러간 세월의 깊이가 무거운 까닭일까

사랑하는 그대에게
편지 한 장 달랑 우체국에 던져주고
군에 입대할 때 서러움 하늘이 노랗고
군사 우편 주소 물어물어 전방부대 찾아
면회 왔다는 위병소의 소식
가난한 이등병의 등뼈 꼿꼿이 세웠다
꺾이듯 하루해는 짧아 사랑 얘기 나눌 숨 주지 않고
그를 보내야 하는 막차 버스가 고개 넘어갈 때
뒤따르는 공허가
내장을 들어낸 배고픔처럼 허전했다

황소바람 드나드는 천막 초소의 겨울
얼어붙은 잉크 찍어 호호 불며
편지 쓰던 그 날 밤
그대 있는 밤하늘에 별빛 끄고서야
잠이 들곤 했다

모처럼 휴가 나올 때
같이 걷던 남한산성 성벽은
하늘처럼 파랗고
팔미도 찾을 때 철썩이는 파도는
우리를 향한 바다의 날개라고
신기루 같은 꿈을 꾸었다

지난 세월은 짧고
아쉬움만 남는 잔해들은
주고받은 편지 다발로 남아
식어버린 갈댓잎처럼 누렇게
창고 구석에 두 사람의 얼굴을 닮아가고 있다

동반자

밀물, 썰물 오가며 서로 부딪치듯
길 위에서 태어난 빛과 그림자로
만난 인연

수많은 사람 사이
별 헤이다가 졸음 오는 저녁에
푸른 꿈결같이 만난 사람
삶의 그림자 거닐며
음·양 거리 힘껏 좁혀
끈끈하게 이어진 사랑과 정

시퍼런 겨울 칼바람
머리에 이고 고단한 삶의
여정에서 서로를 잡고
위로의 말 건넬 사람 그대밖에 없다

가슴에 묻은 어두운 말들 모두 꺼내어
하나씩 햇볕에 말리며
두근거리는 새벽을 이어온
녹슨 지난 세월
이제 새롭게 마주 보며 잡은
손마디가 너무 따스하다

그대 품에서 편히 자고 싶은
세월 무딘 종점에서
희미한 촛불 녹아내리듯
슬며시 살고 싶은 것 욕심이런가

목련꽃

고고하게 허공으로 길게 뻗친 목련 가지
수줍게 매달린 꽃망울
만삭되어 꽃잎 터질 때
헐렁이는 바람도 한산했고
햇살도 살갑게 따스했다

봄 되면 어머니 이불 홑청 풀어
하얀 홑이불 널 때도 그러했다

이상 난기류 몰려와
꽃들 한꺼번에 피어
때 이른 시절 맞은 꿀벌들
어느 꽃에 입 맞출지
분주하다, 어지럽게 향기 속이다

소복처럼 희고
솜털처럼 부드러운 목련 꽃잎
모닥불처럼 화르르 피었다가
돋아나는 잎사귀에 밀려 와르르 떨어질 때
서럽게 봄은 가고

떨어진 꽃잎 갈갈히 찢겨 길바닥에 밟히면
어머니 젖뗄 때 울던 서러움
하얀 홑이불에 젖어들고 있다

뿌리

하늘 솟은 팽나무 저리도 튼실한 거목이고
아름다운 뜨락에 꽃밭 향기 풍성한데
그 꽃과 푸른 잎 성성한 나무 밑에
땅속 깊이 스스로를 감춘
깊은 뿌리

뿌리 잘린 나무를 보았나
잎은 거죽처럼 피 마르고 저린 빛 구겨
녹아드는 이치가 뿌리 없는 탓

땅속에서 어떤 대가도 원하지 않고
오로지 푸른 숲 만들고자 어디든지 깊이 뻗어
수분과 영양 걷어 올려 저리도 아름다운
꽃을 피웠지만
보이지 않는 뿌리 헌신의 경이로움은 잊혀진 고향

오래전 어머니 돌아가실 때
묘지 구덩이 깊이 파다, 거기까지 뻗어버린
큰 나무뿌리 걸려 애를 먹었는데
이 뿌리가 대가 없이 주기만 했던 어머니 같아
돌아오는 버스에서 뿌리 잘린 외로움
눈물로 지샜다

진혼곡鎭魂曲

공작새 나래 펼쳐 알을 품은 듯
명당자리
동작 국립현충원에 아침 햇살 퍼지는
현충일, 추모의 날

10시 정각에 전국에 울리는 사이렌 소리
국민마다 고개 숙여 묵념하라는 뜻
모르쇠 각자의 삶의 행렬에 바쁘다

조포가 하늘을 향해 비통함을 토하고
진혼곡이 400만 6·25 희생자의 영혼을
깨우는 슬픈 음률 공허하게 퍼져
지난 역사로 치부되는 암울함에
유족들의 가슴이 메어
해님도 구름 가려 흐릿하게 빛을 쏜다

전사 통지서 받던 날 어머니의 산고 끝에
유복자로 태어난 아들
이제 60 고개를 넘는데, 백마고지에서
작렬하게 산화하신
아버지의 묘비 앞에 얼굴 가려 슬픔 달랜다

17만 순국선열, 호국 용사 8천여 무명 용사
현충원의 위패들이 모두 일어나

사랑하는 조국의 번영을 부르짖고

통일을 이루자는

광복 70년의 태극기가 온 현충원을 덮는다

차라리

봄의 바람 묶어 놓고
노곤한 얇은 잠 청할 때
저만치 노들길 같이 걷던
그대의 팔랑거리는 모습 보인다

손을 맞잡아보려 하지만
한 발 다가서면 두 발 물러서는
그 사람의 손짓

외마디 소리로 불러보지만
떨어져 가물거리는 영상은
휘청거리며 돌아서 버린다

눈을 비비며 부시시 일어서는
머리엔, 싱싱하게 진한 발자국
몸살 나게 지쳐
못다 한 사랑
차라리 꿈에라도 보이지 않으면
잊었노라 했는데

갈빗살 구석구석
사랑의 시퍼런 못 박혀
아프지 않고서는 견딜 수 없는
허공을 지치도록 쳐다보고 있다

박꽃

강남 갔던 제비 한 마리
어쩌다 물어온 박씨 하나
헛간 뒤켠에 아무렇게 뿌려져

뜸북새 우는 밤
담장 타고 올라온 박 넝쿨
줄기마다 꽃부리 하나씩 매달고
한 줄기 바람에도 파르르 떨리는
희맑은 꽃잎 터질 때
천둥 번개도 잠잠하였다

달빛 타고 자르르 이슬 받아
밤에 더 하얗기 피는 박꽃은
어머니 영혼처럼
달덩이 같은 박의 꿈을 매달고
생을 마감하고

햇살 등 너머 만삭의 박이 둥글 때
잔칫집 뒷마당 같은
흥부의 박타령이 시르릉거린다

모란

살갗이 시려오는 그리움
안개빛으로 젖어오는
따사로운 햇살 조용히 내려오는 5월
함박웃음으로 피어나는 모란꽃

천 년의 고독 날아 보내고
마음의 문 열어 세상사 시름 걷어올릴 때
하얀 꽃잎으로 흐드러지게 웃는다

노곤한 잠 청하는 빈 낮에
나비와 벌 불러 청산 가자고
사랑이 무엇인지 평화로운 꿈을 꾼다

옛 양반집 마님이 모란 병풍 펼쳐 앉아
부귀영화 누렸던 뜻 알 것 같은데ー.

짧은 봄의 날개가
꾸역꾸역 지는 저녁 무렵
어머니 외씨버선 끝에 치맛자락 끄는 소리
봄의 늦은 비가 조용조용 내린다

모닥불 식어가듯 꽃잎 한 잎 두 잎 지면
봄을 잃은 설움이 외마디로 남는다

첫눈이 내리네

구름 나직이 저무는 시골집
문풍지 자르르 떨려
맨 하늘에 솜털 같은 흰 눈 내리네

방안 달력은 마지막 달랑 한 장
해가 바뀔까 봐 조바심 일으키는
섣달 저무는 황혼이 노들길 같은데
갈잎 위에 내려앉는 눈의 속삭임

시집 못 간 사촌 누나 가슴 쓸어내리듯
빈 소리로 자분자분 내린다

세상은 죽은 듯 고요하고
흰 눈 덮인 산야는 하얗게 깊어지는데

할배가 장독에 숨겨놓은 홍시 꺼내오라는 명령
할배 하나
나 하나
수정처럼 맑은 눈을 받아먹듯
겨울밤 긴긴 허기를 채우던
그 온돌방 냄새
눈송이처럼 퍼지네

3
막차를 타고

가을비

짧은 하루 지는 늦가을
구름 가리워 어둠이 두꺼워지고
그리움 같은 실비가 내린다

가을걷이 끝난 황량한 들판엔
비에 젖어 더욱 스산하고
허둥대는 늙은 부부
무거운 농사 찌꺼기 들고 어두운 길 돌아간다

마을 뒤켠 척박한 밭 구석엔
아직 추수 못 한 낱알 곡식 분주하게 널려 있는데
귀뚜리, 풀벌레 소리 숨죽인 지 오래다

산등성엔
화선지 물감 퍼지듯 화려한 단풍이
때늦은 비에 가슴 아려
황홀한 축제 막으려는 심술인가
내일 더 밝으라는 책사策士 인가
속절없이 온다

밤늦은 창가에 비 젖는 소리
잠 못 이루는 노총각 후비진 상처들
덧 새우고

어느 인생 한고비를 적시듯
눈물같이 내린다

어두운 밤 뒷골목엔 비에 젖은 들고양이
먹이 찾아 눈만 초롱거린다

벽

햇님도 구름도 비켜서는
어둠의 골짝
서로를 숨 막히게 하는 사람의 가슴에 박힌 벽
서럽고 무섭다

무모를 모르고 아집만으로
투쟁의 날 세워 난도질하는
마음과 마음을 묶어 놓아
쉰 바람 통하지 않는 무례함 서슴지 않는다

신사임당 초상화로
세종대왕 영정으로 벽을 가득 채우고
창에 갇혀 조름의 꿈을 꾸는 자
그 그늘에 풀뿌리도 자라지 못하고
따사로운 햇볕에도 녹아내리지 않는
혼자만의 벽을 안고
망향제처럼 절을 올린다

탐욕의 그늘은
서산마루에 노을이 질 때야
사랑의 촛불 되지 못한
서러움 담아
찬 서리 내릴 때까지 끌고 간다

어둠의 자식들

난파선에 튕겨져나온 채
고무풍선에 구걸한 생명 하나
메마른 자갈밭에 떨어진 꽃씨처럼
방황의 넋은 갈 곳이 없다

어제도 그제도 재개발 굴삽에
허물어진 빈 집터에서
가냘픈 영혼은 신문지 한 장으로
보랏빛 꿈을 꾸었지만
내일의 갈 길을 묻는
어둠의 새끼들

달빛 별빛도 너무 사치스럽다
어둠으로만 기어드는 육신의 탈
사랑의 씨앗이라고 말하지 말라
그 말 한마디를 덮어씌우기에는 너무 버겁다

가로에 CCTV도 겁나지 않아
밤이슬 맞고 담장 넘고 돌아와
뼛속까지 시리도록 깊은 상처에
흙피 흘려도
갈 길이 어디라고 가르치는 사람 없다

전철 안에서 강남역에서
껴안고 뽀뽀하는 철모르는 사내, 가시나들아
사랑이 뜨겁기만 하다고 말하지 말라
사랑이 아름답기만 하다고
어느 도덕 교과서에 쓰여 있더냐

갈등

육십 년대 초 하루해는 길고 길었다
국민소득 100불弗도 못 되는 배고픈 시절
당시 후암동은 부자 사람 사는 곳으로 꼽혔다
일본 사람 물러간 적산 가옥들이다

학비 모자라 후암동 친구에게
돈 빌리러 갔다가 땡치고 쓸쓸히 돌아서는 발길

대문 나서자 젓나무 숲 속 어느 집 이 층 창가에서
경쾌한 피아노 소리 들려왔다
가던 길 멈추고 피아노 치는 여인은
얼마나 행복할까, 손길은 얼마나 고울까를
상상하며 묘한 감정 씻어 내리고
용산 미국 기지 사잇길 지나는데
철조망 붙들고 "헬로"를 연발하며
웃음 파는 여인들의 핏기 없는 얼굴들이
차마 내 눈을 가리고 싶은 전경이었다
하루 세끼를 위해 성을 팔아야 하는
이른바 양색시들의 슬픈 삶의 발돋움이었다

시대를 건너 이제 스마트폰에 매달린
청소년에게 눈물 젖은 빵을 먹어봤는지 묻고 있고

억대의 연봉 근로자가 임금 투쟁하는
빨간 머리띠를 어떻게 용납할지
혼자만의 갈등하고 있다

막차를 타고

시발역 불 꺼진 대합실
한기를 끌어안고
늦은 밤 마지막 열차에 오른다

허리 굽은 할머니
양손에 보따리. 아이 등에 업은 아낙네
손님은 불과 몇몇뿐이다

횟 소리 내지르고
미끄러지는 열차
어떤 미련 역사驛舍에 남기고 온 것처럼
아쉬움 발취에 남는다

계절은 닮은 듯
차 안에 어둑한 조명은
기대여 졸음 오기 딱이다

밤의 찬 공기 가르고
긴 터널 휘어 넘어 빠져나올 때
창밖에 간간이 스치는 시골집 불빛
레일 위를 끄는 열차의 바퀴 소리
차창틀 등 삼아 졸음 오는 할머니의 피곤이
묘하게 오버랩 되며 잃었던 환상 깨운다

팔십 리 길 한 땀 한 땀 걸어온
꿈길에서 만나
한 올씩 빠져나오는 소리가
레일 위를 끄는 열차만큼이나 힘겹다

종착역에 이르자
열차는 획. 소리 지르고 거친 숨 푸-쉰다
잠에서 깬 할머니는 허둥지둥 어디론가 사라져 버렸다

간이역 簡易驛

멀건한 백지 위에 일기를 써본다
펜은 자꾸 헛구역질하며 도망쳐버렸다
가는 길 걸어 잠그고 뒤안길 더듬어 보니
가슴에 시퍼런 탐욕의 칼날 세우고
날밤을 새우고 있었다

배꼽이 항아리처럼 부풀러
해를 품은 달이 되고져 꿈을 꾸고 있을 때
빗길에 미끄러진 청개구리만 웃고 있었다

대한大寒이 소한小寒 집에 놀러 왔다가
얼어 죽었다는
역설적 순리에 길들여져
밥 달라는 이에게 밥은커녕
쪽박까지 깨고 있었다

남보다 앞서 가려다 제풀에
껄꾸덕 넘어지는 까닭도 모른 채

머리 위에 흰 모자 걸친 뒤에야
거짓 웃음 팔았구나 알았는지

축 처진 하얀 늙은이
잠깐 쉬었다가 기적만 울리고 떠나는
간이역簡易驛을 멍청히 바라보고 있다

겨울 나기

자작나무 가지 위에 진눈깨비
파르르 떨고 내려앉은 도시의 변두리
문패도 번지수도 애매한
가난한 달동네 겨울밤은
길고도 황량하다

사과 짝으로 감싸준 어느 집 굴뚝에
타다 남은 구공탄의 맹한 연기가 시들하고
황소바람 들고나는
구들장엔
할머니의 굽은 허리 펴는 소리 아이고 지고

소태같이 쓴 삶의 현장에서
갓 돌아온 홀아비는
어둠 한켠에 찬밥 덩이로
헐벗은 냄비 바닥을 훑는다
길 잃은 들고양이 새끼 찾는 소리
눈 덮인 지붕 고드름에 매달려 떨고

한밤에 숨어버린 사람의 소리
옆을 스쳐 가는 기차 소리 지난 후
뒤따르는 고요가 더욱 횅하다

어느 집 아기 우는 소리
동네의 새벽을 깨운다

문패를 달며

언덕바지 계단 골목 여러 번 지나
비로소 하늘 가린
집 한 채

대지 9평에 건물 6평의 무허가 둥지다
30대에 처음으로 마련한
대궐보다 크고 넓은 마당 부럽지 않은
내 집

쪽문 기둥에 내 이름 석 자
문패를 처음 달 때
가슴은 희망에 뛰었고
손끝은 떨렸다

사랑의 첫 열매
아들을 보고
그 울음소리 골목 끝까지 들릴 때
내일을 잡고 살아온 아득한 추억이다

아내는 어린애 등에 업고
연탄 두세 장 머리에 이고
계단 골목골목 지나
아궁이에 불 지필 때
아랫목은 따스했다

봄이면 담장 밑 좁은 틈에
봉숭화, 채송화 아침 햇살 머금고 피고
까치 두세 마리 지붕 위를 날았다.

우리를 슬프게 하는 것들

슬픔은 이별이고 가난만이 아니다
어줍게 뜨는 달빛 바람에도
칼날같이 베어지는 아픔이 있다

명품 백 들고 싶어
짝퉁 가방 들고 갔다가
손이 부끄러워 가시방석 같은 모임의 자리
더 예뻐 보이려고 콧날 수술 하다가
코 삐뜨린 안타까운 아낙의 모습
우리를 슬프게 한다

자신의 빈 속 감추려고 허세 떠는 말의 성찬에
남의 상처 소금 뿌리는 수다
늙어버린 얼굴에 주름 지우려
덕지덕지 분 바르고
립스틱까지 짙게 바른 노구의 사치

유세장에서 온갖 풍월 다 외쳐놓고
위대한 배지 달고서는 빌공空으로
서 있는 명사들의 모습이
우리를 슬프게 한다

가난해도 좋으니 노부부의 눈 마주침만으로
서로를 읽는 부드러운 숨 같은 세상이면 좋겠다

사랑의 뒤안길

현관 앞에 구두창 떨어진 신발 놓여 있다
발걸음 옮겨 살던 우리 부부의 얘기 같다

"하늘이 맺어 준 사랑 사람이 갈라놓을 수 없다"는
엄숙한 주례사를 들은 후
가난한 땅에 둥지를 틀어 살아온 지 오십 년

여름은 더운대로
겨울은 추운대로 그대로만 살려 했지만
봄의 꽃향기 취하고
가을의 풍성한 과일 따 먹는 벅찬 세상 살았다

한때는 청청 하늘 빌어 우리만의 사랑
키워왔지만
한편으로는 삶의 무게에 숨소리조차
안으로 삭인 채 무거운 밤을 지새우기도 했다

함께 한 그녀는 지금 잠을 자고 있다
눈가에 깊은 주름 달고 힘없는 눈꺼풀 처진 얼굴이다
멍청하게 바라보며 세월의 강을 건너다
사랑한다는 말 한마디로는 너무 공허할 것 같아
빈 소리로 중얼거린다

구두창 떨어진 신발은 입 벌린 악어처럼
너무 허전하다

어느 미망인의 25시

봄의 향기도 가을 풍요도 슬픔으로 다가와
바람 새 들어올 틈도 없이 살아온
길고 긴 세월

당신이 6·25 전선에서 순절하신 지
몇십 년이 되는지 소식 없는 수많은 밤
자정 넘어 꿈의 세계에서도 어둠거림으로
흐려지는 시간

유복자 하나 씨앗으로 두고 떠난 임의 모습
빼닮은 아들이
어느덧 성장을 넘어 늙은 수염이 희끗거리는데
자신보다 더 젊어 버린 아버지의
어두운 흑백사진을 들고 흐느낄 때
어미의 마음 무너져 하늘 잡고
메마른 눈물로 돌아서 훔쳐봐야 했다.

당신이 군에 입대할 때 시아버지, 시어머니
눈치 보여 싸리문 밖까지 나가 전송 못 하고
부엌 정지문 사이로 안녕히 다녀오소라고 속마음 끓던
슬픈 영문은 오, 유월에도 여인의 한이
서리로 내려 찬바람으로 뭉텅거린다

조석으로 밥상 차릴 때마다 행여 오실까

고봉밥 퍼서 따스하게 아랫목에 묻어 놓았던

그 세월 너무 허전해

늙음도 말할 수 없어 빈 노래 한 가닥 허공에 떠돈다

아내의 화원

바람의 손과 비의 애절함 모르는
창틀에 막힌 베란다 한켠에
아내의 작은 화원이 있다
고작 화분 몇몇 개의 가난한 화원이다

아침을 열자 마주하는 화초밭에
관음죽이 처음으로 꽃 피었다는 아내의 호들갑
사십 년 세월을 같이한 부챗살 이파리 달고 있다
꽃도 아니고 열매도 아닌
씨받이 꽃이지만 신기해서 하는 소리

뒤질세라 봄인지 가을인지 철 잊은 제라늄은
일 년 내내 꽃 핀다고 자랑하고
앉은뱅이 바이올렛은
남색 옷 입었다고 흥분한다

일 년에 단 한 번 꽃 피는 자스민은
저녁에만 꽃을 피워 달빛 몰아오고
별빛 주워 모아 향기로 말을 한다

물 많이 먹는 남천南天이 일본이 본향이라 말하자
낮게 않아 이끼 돌부리에 뿌리 내린

군자 같은 풍란은 순수한 토종이라고
억세게 소리친다

올망졸망 화초에는 아내의 가슴에
주민등록이 되어있는 새기 들이다
때맞추어 따스한 사랑으로 물을 주고
햇빛 따라 화분 옮겨 놓는 정으로
꽃 날 세운다.

변두리에 봄은 오는가

목마른 언덕바지에 올매 졸매
처마 맞대고 가난한 도시 변두리

도시개발 굴삽에 떠밀려
떠나온 새장처럼
움막집 지어놓고 살을 맞대고 사는 보금자리

한 집은 스레트요
그 건넛집은 천막 지붕 올리고
꼬부라진 골목길 사이에 두고 누워 있는 터전

이곳에도 봄은 오는가
한 뼘 마당에 양지바르다

물기 막 번지는 목련 나뭇가지
탱자나무 울타리 너머 꽃부리 여물고
물받이 항아리 밑에
수줍은 채송화 거친 흙 뒤집고
고개 들어 꽃잎을 준비한다

골목쟁이 계집애들 공기놀이 하다
깔깔대는 웃음소리

어느 집 처마 밑에 갓난아기 울음소리
서로 엇박자로 시끌하다

아침 햇빛 들자
엄마는 삯품 팔이 나간 지 오래이고
아빠는 나가신 지 새벽이다

그래도
비둘기 한 쌍 지붕 위에 내려앉아
새봄을 연다

언제쯤일까

아침 해돋이를 보는 것은
모두에게 캄캄한 밤을 새고
소중한 아침 기다림의 경이이다

삭풍에 떠는 나뭇가지는
긴 동절 뼈아픈 견딤에서
파란 잎을 떠우는 환생

태공이 빈 낚시를 띄우고
기다림은, 언제쯤을 곰삭이는
아픔의 시간이다

정처 없이 떠도는 나그네는
종점을 모른 채 한숨 채우고
쉬는 곳이 바로 언제이며

민들레 속아리는
꽃씨 바람에 실어보낼 때
떨어져 눕는 곳이 언제인 것을

상처 입은 사랑의 아픔은
가슴에 꽂힌 비수
질화로에 불씨처럼 다시 일어서고

사라질 줄 모르는 기다림의
언제쯤을 확인할 수 없어
사슴 긴 목처럼 하늘로만 솟아있다.

대청마루

베란다 창틀에 기대어 어둑한 밤 노을 질 때
앞 동에 닭장같이 나란한 아파트
한 집 한 집 전등불 들어오는 모양 보다
어릴 때 살던 고향집으로 마음 달고 간다

쪽대문 들어서면
할아버지 기침 소리 들리는
툇마루를 지나
앞뒤 활짝 틘 대청마루 맞는다

앞마당 뜰 한쪽엔 석류나무 하나
꽃잎 붉어지고
처마 밑에 제비 새끼 어미 기다려
짹짹 거리는 곳
참새들이 사랑싸움 벌이고
멀리 뻐꾸기 소리도 훵하게 지나치는
소통의 공간

온 식구 밥 먹을 때 누가 뭐라고 안 해도
할아버지의 눈치에 질서가 잡히고
지나가는 과객에게도 보리밥 고봉으로
퍼주는 인심 나는 곳이었다

이 밤이 지나면
한옥 마을이라도 찾아가
대청마루에 벌렁 누워 볼 일이다.

집배원의 하루

진눈깨비 질척한 산 둘레길
걸어서 찾아가는 60년대 우편 배달부는 바빴다
철렁거리는 무거운 가방 들춰 메고
산골 누벼야 하는 소임. 오늘의 집배원과는
호칭도 하는 일도 딴판이었다.

손자 소식 기다리는 할머니 집 들어서면
난, 언문 모르니 대신 편지 읽어달라는 부탁
기쁜 소식 전해 드리고

남편, 중동 열사의 땅에 돈 벌러 보내고
싸리문 잡고 소식 기다림 만나고져
시린 손 호호 불며 우체 가방 고쳐 맨다

우체부는 편지 봉투만 보아도
누구 집 무슨 사연인지 아는 까닭에

정주고 떠나버린 이웃 동네 앳된 청년
소식 기다리는 색시 집
그냥 지나칠 때
쓸데없이 내가 미안하고

6·25 전란에 북으로 끌려간 국군 포로
편지 없느냐 되풀이 물으시는 할머니의 어두운 그림자
언제쯤 밝아질까 걱정하다가

이제는 전사 통지서 들고 가야 하는 집
차마 선뜻 들어서지 못하고
동네 몇 바퀴 돌며 되새김한다

해설퍼 돌아가는 길목에 앉아
담배 한 대 피워 물고
웃고 우는 세상사
하품 한 번 해본다

4

갈잎은 울지 않는다

04
갈잎은 울지 않는다

갈잎은 울지 않는다

구름결 지나는 언덕바지
가지마다 출렁이는 가을 센 바람이
갈잎을 훑고 지난다

슬픈 조각 남기지 않고 떠난 가지 끝 빈자리
푸르렀던 청춘의 기억 고스란히
남아, 꿈만 덜렁 키우고 있다

갈잎 지는 것은 이별이 아니라
또다시 피어오를 새로운 여정을 위해
만남의 기약, 가지 끝마다 뾰족한
눈망울도 남겨 놓고 떨어지는
바람 소리일 뿐 울지 않는다

누가 낙엽 밟으며 바스락 소리에
이별의 슬픔으로 눈물 흘리는가

낙엽 길 가다 지치게 그리움 담은 여인의 옷자락에
봄의 주소 소인 찍힌 갈잎 하나
툭 떨어진다

종점

깍바른 언덕바지에
줄줄이 머리 맞대고 나지막한 집들
따닥따닥 붙어 내 집 네 집 담장 없이 사는 곳
굽어진 골목길엔 식은 연탄재가 차갑게 떨고 있고
찹쌀 강아지도 오돌오돌 떨며 제집 찾아가는
늦은 밤

버스 종점 공터에
세찬 겨울바람 한바탕 휩쓸고 지나
엉클어진 전봇대에 매달려 횡횡 거린다

온종일 쉬었다 멈췄다를 반복해 노래 지르는
소리사의 마이크도 멈춘 지 오래고
순댓국집 양은 솥도 식어버린 지 오래지만
막차 손님 기다리는 군밤 장사는
가스 촛불 켜들고 발만 동동
허슬퍼 잠이 오는 가로등 하나 제 그림자 감추고
멍청하게 서 있다

시계는 이미 12시 한밤을 코앞에 두고
힘겹게 고개 넘은 마지막 버스가
고래 등 터지는 소리 달고 도착하는 시간

이제 막 결혼한 신부가 일터에서 오는 신랑 맞아
손잡고 굽은 길 들어가고
삼 교대 노동 끝내고 돌아오는 육십 고개의
중늙은이도 새끼 기다리는 집 들어간다

버스는 더 이상 갈 곳도 없고
손님도 더 갈 곳이 없지만

내일 아침에도 해는 다시 밝아온다는 믿음
종점의 밤은 깊어만 간다

꽃샘 바람

천둥불 계곡 스쳐 북녘 바람
한신 계곡 흘러 남녘 바람
서로 겹잡아
몰아치는 꽃샘바람

목이 쉰 가지마다 꽃부리 훑어지고
찬 기류 봄 향기 고뿔 들어 멈춰 서니
목련 가지 앉은 박새 한 마리
쫓기듯 날갯짓이다

저녁 달빛 흔들어
차디찬 냉장 세상 만들더니
강남에서 오는 제비 떼들 혼쭐나게
멈춰 서고
물안개 잦아드는 호숫가에
냉 서리로만 흘러

벗어놨던 두께 한 장 다시 틀어잡고
연분홍 봄날 주적주적하는 사이
그늘 한 점 남기지 않는
아픔 많은 생채기로만 흔들어댄다

순리야 어디 가겠느냐
산을 넘어오는 찬란한 햇빛이
온 누리에 내려올 날 바로 이제다

참새

하얀 땡빛이 감나무에 내려앉아
퍼런 땡감 불그레 우려내는 초가을

시골 마을 누런 논뙈기에
참새 떼 살포시 내려 벼 이삭을 마구 쫀다

밀짚모자 깊이 눌러쓴 놀란 허수아비
손짓하며 소리쳐보지만
소용이 없다
정말 소용이 없다

주인 영감이 새 떼 쫓으라고
원두막에 내려보낸 계집아이는
치마폭 늘어뜨린 채 깊은 잠 퍼질러지고

배 불린 참새 떼는
이제, 허리 굽은 할매가 고추 너는 마당
빨랫줄에 줄줄이 모여 앉아
쩍쩍 고향 노래 부른다

우리는 철 따라 옮겨 다니는 철새가 아니라
농부의 텃밭에서 놀고
초가집 처마 속에 알을 까는
당신의 텃새다

손자를 보며

으앙, 소리에
놀란 어미가 젖병을 입에 물린다
소리 멈추더니 젖병 입에 문 채
색색 소리 내며 배꼽으로 숨을 쉰다
입은 씰룩씰룩 눈은 떴다 감았다
웃는 건지 우는 건지
모태 그리운 듯 배냇짓을 한다
눈 코 입 꼬추까지도 누구의 걸작일까
어느 예술인들 이 신비로운 생명 앞에
글로 음악으로 그림으로 감히 우려낼 수 있을까
아가는 지금 꿈을 꾼다
별빛 찬연한 하늘나라에 천사와 같이
무지개 타고 놀다가
아침 햇살같이 지상으로 내려온다
이 오묘한 생명 앞에 겸허한 마음으로
두 손 모아 본다
아가야 자라면서 돌무지 만나거든
발로 걷어차지 말고
푸른 잔디 깔린 길을 걸어가고
파도 몰려오면
잔잔한 호수 그려 보아라
차디찬 겨울 오면
한 줌 햇빛 빌려 그늘진 곳 밝혀 보렴
아가야! 잘 자라거라

하루살이

산자락 그림자 허리 감아
조용히 밀려오는 저녁 들판
장죽 들고 논두렁 건너는 나그네
팔을 저어 하루살이 쫓는다

나그네야 하루살이 쫓지 마라
이미 방향 시계는 같은 곳을 향하고 있다

쪽빛 하늘 푸르러 달빛에 훨훨 날아 보았나
영롱한 아침 이슬도 한 줌의 햇빛으로
풀풀이 흩어지고
튼튼한 모래성도 파도 물거품에
순간에 부서진다

어차피 폭풍우 지난 허허바다에
한 개의 겨자씨로 태어난 운명인 것을

백 년을 살아도 하루이고
하루를 살아도 백 년일 뿐이다

찔레꽃

온갖 꽃 다 피고 지고
텁텁한 초여름 다가오면

돌무덤 등성이에 덤불 만들어
아침이슬 더불어 피어난 하얀 찔레꽃
순결 지키려 가시덤불 등 삼아 무리 지어 피었나
피었다
지었다
다시 피지만, 아무도 찾아주는 이 없다

철없는 새끼들만 강변에서 물장구치다가
돌아간 저녁 들판
고요한 달무리가 구름 가려 올라오듯
찔레꽃 향기는 운무처럼 번져간다

망부望夫의 피오름으로 피어났나
타향살이 지쳐 돌아온 새끼
어미의 젖가슴으로 피어났나
찔레꽃은 대답하지 않는다

찔레꽃 향기 따라
늦은 밤길 걸어보면
논두렁 산두렁 하얀 여름 맞을 것을

고무신

어릴 적 강가에서 가재 잡고 놀던 그 날
돌무지에 넘어져 한쪽 고무신 물살에 떠내려 보내고
엉엉 울었던 그 시절 생각 하다가
턱수염 길게 늘어뜨린 할배의 추억 꼬리 물었다
고개 넘어 삼십 리, 오일장 보러 가신 늙은 할배가
해가 뉘엇 뉘엇 지는 무렵 싸리문 제치고 돌아오신다
손에는 짚풀로 단단히 묶인 생태 두 마리 달랑
저녁상 물리고 내 이름 부르시는 할배 목소리에
후닥닥 들어가 보니
긴 담뱃대 물으시고 내놓는 검은 고무신 한 켤레
옆에 앉은 형의 눈알이 부시시 떨고 있는 것도
모른 채, 신발 들고 뛰쳐나왔다
내일 아침에 생태국 먹을 일보다
헌 고무신 주고 엿 바꿔 먹을 일 생각하며
곤한 잠 설쳐 버렸다
말만 잘하면 거저 준다는 엿장수의 허풍 소리와
쨍쨍 가위 소리에 골목대장 다 모였다
으시대며 헌 고무신 한 짝으로
엿 한쪽 입에 물고 우물거릴 때
엿장수는 벌써 다음 골목 돌아가고 있었다
엿 맛이 아직 입에서 가시지도 않았는데
허기진 배는 더 고파 오는지
앗 차, 알았다
할아버지 묘소가 천 리 밖에 있는 것을

구절초九節草

산허리 등성이에
홑이불 걷어 올리듯
아침 안개 벗겨지자
떡갈나무 이파리 사이로
수줍게 들어내는 구절초九節草의 꽃잎들

노란 꽃심 보라색 꽃술 달아 입고
다소곳이 일어서는 야생초

밤새워
방부望夫의 영혼 달래고저
노총각으로 간 어느 사내의 그리움 달래고저
찬 서리 내린 그늘진 아침
서럽게 햇빛 받아 하얗게 무리 지어 피었다
따스한 한낮
그래도
토종 꿀벌 한 쌍 꽃심에 입 맞추니
보랏빛 서러움이 녹아 향기로 번진다

젊은 날 스쳐 간 누님 같은 연인
그리움
진하게 다가선다

백자白磁 항아리

완자문 살에 얼비친 그림자 하나
메마른 영혼에는 깃들지 않는
품위 일렁이는 자태가 있다
어둠 드리운 방 한 켠 견상 위에 놓인
숨 쉬는 백자 항아리의 소박함이다

어머니의 젖가슴 같은 곡선에
모태 같은 따스함 담아
비백秘白의 유연함이 조용히 내려앉는
구름 위에 하늘처럼
넉넉함이 묻어나는 이조백자李朝白磁

오백여 년을 지나 세상에
아름다움의 으뜸으로 빛나니
이를 빚은 이름 모를 도공陶工은
아름다운 미美가 무엇인지
천 년의 꿈을 꾸는 것은 더더욱이 몰랐던
그저 가난한 아내와 새끼들의 밥 한기를 위해
지성과 정성, 쟁이의 혼으로
일천 도의 눈물 달궈 불가마에 바쳤을 뿐

가슴 부푼 항아리에 서러웠던
민초民草들의 아픔이 웃음으로 피어난다

공중전화

도시 삼거리 제과점 앞
늙은 공중전화 박스 하나
수화기, 줄에 매달린 채 대롱대롱
소리가 없다
비좁은 틈에
허리 굽은 늙은 할매가
시들은 채소 다발 늘어놓고
손님 기다려 졸고 있다

한때,
사랑에 굶주린 연인의 애타는 목소리
전선으로 이어주고
수다 떠는 아줌마 목소리도
수화기에 매달려 동동거렸다
급히 부르는 119의 다급한 목소리에
앵앵 소리 지르는 구급차도 꼬리 물고 갔다

시대의 변화 세월의 길목에서
스마트폰 홍수로 쏟아져
전화기 앞에 인적 끊어지고
이제 고철덩이 허방으로 물러갈 것인가

늙은 할매도 안 팔린 채소 덩이
무겁게 걷어 담고
어디론가 사라져버린다

그때, 그 집

그때, 그 집은
나 어릴 때 남의 집 애호박에 말뚝 박고
도망친 골목 안쪽 납작 엎드린 초가였다

마당 한 견 하늘로 솟은
커다란 살구나무
생명 같은 찬 우물 안고 서 있고
보릿고개 넘길 때
시고 달콤한 살구 맛 꿀단지 같은 젖줄이었다

봄 우물가에는 채송화 봉선화 피어
누이 놀이터 되고
뜨거운 여름 수박 한 덩이
우물에 띄워
온 식구 나눠 먹던 냉장고였다

조각달 뜬 저녁
누이가 잡아온 다슬기 한 바구니
삶아 바늘로 찍어 콧구멍 찔린
평온도 있었고
살구나무는 까치도 매미도
목쉬게 울고 쉬어가는 쉼터였다

시대는 바뀌어
불도저 산과 마을 뒤집고
우람한 굴뚝 세워 흙 연기만 뿜으니

그때 그 집은 꿈의 영상으로만 남았다

동전을 뒤집듯

사람들이 좋아하고 사랑하는 것
가지 가지이지만
유독 탐하는 종이 한 장
신사임당의 영정과 묵매화 그려진
5만 량의 지폐

무게로 치자면 0.01g나 될까 말까
금도 아니요 은도 아닌 종이 한쪽인데
그로 인한 사연은
말로 하기를 허락지 않는다

그 중 어떤 사람에게
생명수이고 세상 풍요롭게 하는 원동력
씨앗 되지만

또 다른 이에게 끊기 어려운
아킬레스건과 같은 얄궂은 유혹에 빠져
비타 음료 박스 뒤에 숨어
냉골수로 빠진다

영문 없이 얻어지는 것 어디 있느냐
검은 그림자 뒤안길에 오간 거래사

이해 엇갈리고
독수리 날고 검은 풍차 헛돌 때
동전 뒤집듯 말을 바꿔

매실 밭 풀섶이나
소나무 가지 옆에 엎드려져
날짐승 먹이사슬 될 줄 정말 몰랐다

외출

춘春 삼월은 봄이라고 하는데
아무도 이의를 달지 않는다
뼛속까지 아린 겨울 칼바람 이제 지나고
땅 밑 체온도 생명의 뿌리 흔들어 깨워
박새 한 쌍이 목련나무 잔가지에 앉아
봄을 부르고 있었다
입춘立春 훈기에 밀리듯 겨울 끝자락이
갑자기 광기를 부려
뒤늦은 눈 폭탄을 때려 눈두덩 세상 만들었다
초막집 부엌에는 연탄불마저 식어버리고
비닐하우스 채소밭 농부의 마음 일그러져 버렸다
서둘러 세상 나온 겁 많은 개구리도
얼빠져 후다닥 돌 밑에 숨어버리고
아지랑이 피어나려는 자리에는
눈바람만 휩쓸고 지나간다
폭설 예고 못 한 기상청은 엘리뇨 현상이라 변명하고
누구는 닭 목을 비틀어도 새벽은 온다고 말하고
또 누구는 봄의 전령이 잠시 외출한 탓이라고
꼭 집어 말했다

얼굴 없는 손

잿빛 구름 나직이 저물고 첫눈마저 흩뿌려
한 해의 마지막 발걸음 부닥거리는
강남 지하도

가는 해를 잡기라도 하듯
구세군의 자선냄비 흔들리는 종소리
크리스마스 캐럴 어우러져
바둥거리는 한 해의 마무리를 끌고 간다

황홀한 전등불에 얼비쳐
흔들리는 사람과 사람
자선냄비에 눈길조차 주지 않는다

광화문 사랑의 온도계는 아직 59도 7부라는데
그래도 마지막 시간을 잡을 묘안 있다는 듯
사랑에 감전되어 못 견디는 얼굴 없는 손
올해도 일억 원의 성금을 훔치듯 놓고 갔다는 소식
가진 자들 부끄럽게 만들고
어린이 저금통까지 털게 한다

사랑의 종소리 호주머니 지갑 열게 하는
마술 있어
폐지 줍는 손수레에
따뜻한 온기 한 줌 얹어주고 싶다

5
방황의 늪

05 방황의 늪

시집을 읽다가

시집을 읽다가 시감에 젖어
졸음인 듯 눈을 감는다
깨알 같은 말들을 단숨에 쓸어
한 줄로 집약하는 언어의 마술사

보통 사람이 버린 것들을 주워담아
용광로에 뿌려 내리는 불덩이 같이 타다가
냉골수 얼음장처럼 냉랭함으로 빠지고
책상 밑 먼지까지 떠올려
생명줄 당기는 은방울 같은 감성

고난의 장 넘어 밝은 햇빛 같은
푸른 향기로 거두어, 주린 가슴에
벅찬 이슬로 설레게 물들이고

천 년의 그리움 타고 내리는
담을 수 없는 쓰라림에 같이 울고 말았다

가슴 퍼덕이며 행복지수 100°C인데
머리는 차디찬 감성의 도랑물 흘러

어 어, 내가 왜 이럴까
이러다가 나도 진짜 시인 될까부네

온다는 것과 간다는 것

오고 간다는 것
이쪽에서 보면 오는 것이요
저쪽에서 보면 간다는 것이거늘
안개 속 어둠에
같은 길 잡고 무지렁이 꿈을 꾼다

푸른 꿈 꾸고 왔다가
제 그림자 가늠자 되어
꽃봉오리로만 남을 것 같은
착각 속에

새벽 밝음을 재고
어둠의 깊이를 저울질하고
잡풀만 잡고 있는 초상화 같은
갈잎의 슬픈 곡조

멀리서 뱃고동 소리 들리면
저마다 얽혀진 푸닥거리
멈춘 채
떠나야 할 영혼

선풍기

햇빛도 스며들지 못하고
누더기 신문지로 벽 가린
지하 단칸방

먹다 식어버린 라면 냄비 하나
굶주리게 흩어져 있고
중복의 혹서가 숨이 막히는데
고물상서 주어온 선풍기 하나
삐걱거리며 열심히 돌고 있다
청풍명월은커녕 32도의 열풍만
허풍처럼 방안을 달구는데

허기져 누워 버린 할머니
고운 꿈 꾸며 잠에 빠져버리고
손잡고 푸른 길 거니는 옛 서방님
허상 세우고 입가에 웃음 짓는다

얼마만의 시간 흘렀을까
밤이 낮 되고 다시 저무는 오후
독거노인 자원봉사자 "할머니" 하며
방문 열고 들어섰을 때
외로운 선풍기만 헛바퀴 돌고 있었다

객기客氣

꽃과 나무들 잡초까지도
바람 불면 쓸어 눕고
비가 오면 그저 젖어주는
순리에 익숙한 선사와 같다
사람 악다구니는 솟아나는 객기에
어쩔 수 없이 자신의 퇴로를 막고
썩은 상처 위에 후회의 싹을 만든다
파고다 공원 무료 급식소 노인들
사노자 돌림 아들딸 한둘 안 둔 자 없고
지하 시멘트 바닥 체온 내려놓는 노숙자도
왕년에 중소기업 사장 안 해본 자 없다
여인들의 계 모임 목소리 크게 내어
남의 상처 건드리는 자 빈 수레 요란하듯
속 빈 강정일 때 많고
학벌 위주의 풍토 위에 어린 소녀
미국 유명대학 허위 입학증 만들어
가슴 아픈 거짓 증후군 만들고
여의도 일 번지 배지 붙인 선량들
헛소리는 백성들 심판받아
객기의 슬픈 종말 알 것 같다

날숨 걷어낸 허허한 삶에서
감출 수 없는 허상 준엄함 앞에
무슨 낯으로 객기 부리는가
거짓 씨앗으로만 무성하다

양날의 탈

너나 할 것 없이 우리는 이중구조 속에 산다
한쪽으로 들깨 볶는 소리 난다면
다른 쪽은 냉골방 어둠 소스라친다
파도칠 때 바닷속이 보이지 않듯
양심이 얼어붙어 양날의 탈 모르고 산다

가시적 달콤한 언어 비수처럼
다른 가슴에 꽂혀 상처이기도 하고
스스로 약점 감추려 헛소리 수다를 떨기도 한다
가장 희극적인 배우가 돌아가 고독해서 혼자 운다는
까닭은 무엇인지

남의 눈에 가시는 보이지만
내 눈 대들보는 뽑지 못하는 이유
잘난 사람 톱니바퀴 돌리는 소리
감탄하며 들리지만
추악한 뒷그림자 구림 모르는 것 다를 바 없다

잡풀섶에 알곡식 자라지 못하듯
이중구조 속에 양심의 씨앗 자라지 못한다
"산은 산이요 물은 물이다"라는 성철 스님
말씀 공허한 것도 다 그 때문이다

수철리 고개

하루해가 긴 강을 건너듯
느림 속으로 기어가는 고달팠던
60년대

가난의 상징이었던 금호동 가려면
수철리 고개 긴 비탈길을 넘어야 했다

숨 가쁘게 마루턱을 넘는 고철덩이
버스도 한 줌 땀을 쉬고 넘어야 했고
늦은 밤 고갯마루에 냉차 파는 손수레
그림자처럼 서 있고
아이스케이크 파는 소년 목소리 쉬어도
그냥 지나치는 빈 노동자
마른 가슴 더욱 땀 흘리게 했다

개발이라는 깃발 아래 이곳으로 쫓겨온
가난한 백성들
스스로 흙벽돌 찍어 움막 세우고
내 집이라는 삶을 일구었다

미국 잉여농산물 밀가루 배급에 매달려
멀건한 수제비국으로 허기를 채우고
날짜 없는 달력에 그날이 그날이었다

혁명이라는 대변혁에
가난한 등뼈가 오그라지고
가슴에 묻은 피삭은 말 한마디 보태지 못해도
흙벽돌 사이에 "잘 살아보자"는 새마을 깃발이
힘차게 휘날리고 있었다.

지하철 풍경화

물결처럼 미끄러져 들어오는 전동차
문 열리자 두리번 늙은이 좌석부터 찾는다
공짜로 타는 늙은이와 장애인석은 늘 만원이다
쪼그리고 깊은 잠에 빠진 할매
힘주어 잡은 보따리 스르르 놓치는데
어디를 가시는지 궁금하다

양쪽 걸친 일반 좌석엔 앉은 자와 선 자가
뒤섞여 붐빈다
그들 손에는 한결같이 스마트폰 하나씩 매달려
깊은 학문 하듯이 전자판을 찍는다

발을 꼬고 앉은 여학생 스마트 폰에 빠져
짧은 바지에 아슬한 다리통 다 들어내
차마 내 눈을 돌리고 만다
어떤 중년 여자 누구를 만나려는지 손거울
들고 얼굴 화장 고치는 데 여념이 없고
구석엔 중늙은이 점심결에 낮술 한잔 걸쳤는지
고뿔 같은 기침에 친구와 터놓는 막소리
달리는 철길 소리와 부딪쳐 와자지껄하다
때마침 지나는 맹인의 가슴에 매달린
찬송가의 애잔한 음률이 지팡이에 묻혀

아무도 아랑곳이다
열차는 가고 손님은 멀리 내리고 밀려 타고
반복하지만
열차의 풍속화는 변하지 않아
서민의 발이고 긴 자가용인가 보다

석류

나, 어릴 적
할아버지 사랑방 앞마당
석류나무 한 그루 키만큼 자라고
한 줄기 바람에도 흔들리지 않는
아늑한 햇볕 있는 사계절
내내 가슴팍에 묻어놓은 봄 향기로
석류 꽃잎 세우고

날씨 굵어짐에 따라
가슴 저려오는 꽃 주머니
밤하늘 번져가는
할아버지 건기침 소리와
어머니 다듬이 소리에
덩그렇게 배 불려 주렁주렁

숨 터지는 진주 같은 알갱이
튀어오르듯 쏟아내
금방 입안이 시리고
달콤한 속내 드러내

은쟁반 받혀놓은
정물화처럼
가을은 짧게 여문다

방황의 늪

요란한 천둥소리 갈라진 틈새에
태어난 생명
안개 바다 속을 헤매며 갈 길 찾는다

맨살로 나온 것 다 잊어버리고
꿈길 찾아 세월의 강 걷는다

허공에 집을 짓는다
단단한 자작나무 네 기둥 세우고
하늘 가린 천정 두텁게 묶어
곳간도 널찍이 튼튼히 만든다

내 주머니는 왜 이리 가벼우냐
투정하는 배부른 꿈은
수렁에 발 빠지듯 빠져들기만 했다

햇빛 밝으면 그늘도 짙듯이
든든한 궁전도
갈가리 찢겨진 겨울 한파 몰려올 때
빈 나뭇가지에 매달린 잎사귀 하나처럼
작은 바람에도
벼랑 끝 깊은 늪에 빠져
방황의 생을 마친다

봄은 와 있는데

부슬비 바람 빈 나뭇가지에 물끼 올리고
냇가에 물안개 피어오는데
느닷없이 영동 지방에 폭설이 내렸다는 소식

등살 밭에 보리 싹이 한결 푸르고
비비새 울음소리 낭랑하고
장솔밭 소나무
송진 떨궈 송홧가루 준비하는 건
봄은 오고 있다는 소식이라
꽃샘추위에 속절없이 물러선다

외양간에 황소 울음소리 느리게 흩어지고
누렁이 길게 누워 할 일 없이 하품하고
처녀 궁둥이가 저리도 팔랑거리는 것은
정녕 봄은 옆에 와 있다는 것

흙짐 지기 싫다고 도시로 떠난 자식
봄밤 밝으면 돌아온다고 했는데
보름달 조각달 될 때까지
긴 밤 목놓아 기다려도
소식이 없다

저 들녘에
배꽃 하얗게 달빛에 부서질 때
돌아올 것인가
작정하고 기다려보자

그때, 그 시절

긴 하루해가 서산에 걸려 보릿고개
힘들었던, 유년 시절

베잠뱅이 허리춤 내려와
골마리 추기며 뛰지 않고는 견딜 수 없었던
철없던 그때가 그림처럼 펄럭인다

하굣길 가게에 들러 친구들과 엿치기 내기하다
싸워, 분을 못 참고 돌아간 그 친구 못 잊겠고
남의 집 담벼락에 숯검정 낙서하다
주인 아주메에게 혼쭐나고 돌아서
그 집 애호박에 말뚝 박고 "나 잡아라 아옹"
하던 통쾌함

풋보리 꺾어다가 자갈밭에 불 펴놓고
보리 서리 한참인데 주인에게 들켜
야단났다 했는데 "넉, 이놈들" 하며
웃으며 돌아가는 아저씨의 뒷모습
찔래순 뽑아먹고 몸 가려워
강가에 풍덩 들어갔다가 물만 켜고 방방 뛰고
이웃집 계집아이와 술래잡기하다가
같이 넘어져 나도 모르는 이유로 얼굴 붉어졌던

그 아이
지금은 어느 남의 아내 되어
어느 남의 할머니로 살아가는지

초록빛 물들이던 그 시절
꿈에서도 잊으랴 뒤척이며 솟아난다

약수터

도시 옆에 산이 있어 좋다
그 산에 약수터 있어 더욱 좋다

봄볕 나른한 오후 3시
더듬더듬 산에 올라가는 길
전나무 숲길 따라 구불거리는 등산로
푯말 따라 나지막한 곳에 자리 잡은 약수터
산악 모임 청년들이 잘 갖추어 놓은
홈때로 물 졸졸 흐르고
운동 기구까지 있는 명당자리다

약수터는 목마른 자 생명줄이지만
노인들에게는 한낮을 비우는 모임의 샘터다
통성명 서로 없이도 말 터놓는 할머니들
세월 지나 흔들리는 나무 의자에 둘러앉아
며느리 흉 터놓고 보고
사위 덕에 외국 갔다 왔다는 얘기 한 보따리다
그 옆에 늙은 영감들 6·25 때 군대 갔다 온
영웅담 쏟아지고
그 중에도 해병대 갔다 온 영감의 소리가 높다

노인들 물러간 검은 밤

흘러 흘러 가는 약수물
낮에 들은 얘기 주렁주렁 매달고
바다로 가는 길 더듬어 가고
이른 새벽에는 노랑 부리 새 한 마리
약수 한 모금 쭉 빨고 아침을 연다

불현듯

도시 아파트 어린이 놀이터
놀 아이들이 없다
학교 끝나면 영어, 수학 학원으로
태권도 도장으로 쫓기며 가는 아이들

놀이터 뜀틀에 먼지만 쌓이고
철봉 받침대는 쓰러질 듯 휘어있다
텅 빈 놀이터 보면서
불현듯 어릴 적 내가 놀던 고향으로 생각 젖는다

놀이터는 야산이고 강가이며
보리 이삭 펴는 넓은 들판이었다
삼베 잠뱅이 젖는 줄 모르고
도랑 뚝 막아 억새풀 찍어 새끼 고기 잡고
뻑국새 우는 칠월 뜨거운 볕
아랑곳, 찔레꽃 덤불 뒤져 여치 잡느라
가시 찔려도 아픈 줄 몰랐다

어른 잔치 뒤에
돼지 허파에 쇠바람 불어넣어 축구공 만들어
뛰어놀던 어린 동무들
이렇게 놀면서 키만큼 자라
가난 싫어 도시로, 도시로 떠나온 세월

이제 그 새끼들 놀이터 모른 채
공부 바람 지쳐 저리도 허우적거리는데
바람만 부는 도시는 구석구석 허허롭다

잡초

하늘 높은 숲도 아니요
더더욱 부잣집 담장에
유리조각 철조망에 기대여
꽃향기 뿜어내는 들장미도 아니다

허공에 솟은 빌딩도 호사스런 가구도
내 것이 아니듯이
요망한 꽃잎도 사치스런 향기도
내 것이 아니다

길가에 마른 땅 헤집고 깊은 뿌리내려
내일을 살아가는 이름 없는 잡초일 뿐이다

한 줄기 바람으로 쓰러졌다
다시 일어나고
비껴간 햇빛으로 풍성해지고
새벽이슬 받아먹는
초라함 그대로 잡초이다

벌과 나비도 스쳐 지나갈 뿐
눈길 주지 않고
고단한 발자욱이 짓밟아도

흙더미 끌어안고
추억 같은 희망으로

헐벗은 가뭄에도 모질게 생명 당겨
밤이슬 머금은
우주를 닮은 꿈은 꾸고 싶다

풀잎에 이슬

능선 밖에서 끌어온 별빛
아물아물 사라지는 동트기 전 새벽
바람새 잠잠한 언덕 너머 풀밭에
화폭에 물감 번지듯 살포시 내려앉은 이슬

어둠의 고갯마루에 헤어진 여인의
눈물로 내려왔나
견우직녀 안타까운 하소연으로
하늘 닮아 꽃잎, 풀잎 위에
방울방울 맺혀있나

여문 밤 지새운 흰나비 한 마리
이슬 젖어 나래 접고 촉촉한 꿈을 꾸는데
피다 만 꽃부리 세워주고 풀벌레 잠 깨우니
희망의 젖 뿌리 되었다

한 가닥 햇빛 걷어 올리면
소리 없이 방긋 웃던 풋풋한 은방울
하늘로 퍼져 희양새 되어
너울거리니

소리 없이 지는 것이 어찌 너일 뿐일까

소먹이 풀섬지게 메고 돌아오시는 길
이슬에 바지가랭이 흠뻑 젖었던 아버지도
이슬처럼 가셨고
사랑방에 모셨던 나그네도 소리 없이 떠났는데
나를 잊은 듯 살아가라고 말 없던
여인 이슬처럼 사라졌다

숨길 데가 없다

탯줄 달고 모태 벗어난 생명
세상에 잡을 것 많아 주먹 쥐고 나온다
주먹으로 한 아름 잡고
욕심껏 사는 줄 알았는데
한 계절 끝나면 다음 세상 오듯이
한 줄기 바람인 듯 헛된 일임을

일당 억만의 왕국 세우려다
삼백여 꽃봉오리 세월호에 묻어두고
금수원 빠져 오 척 단구 감추려 했지만
순천 매실 밭 한구석 풀섶에
벌레 밥이 되어 썩어버린 허무
손가방 집어 든 십억 원 중 한 닢도
가지지 못한 채 세상 입의 넋두리만 남았네

가진 것 모두 쥐고 혼자만의
숨을 곳 찾지만
생명의 바다에 휩쓸리는 한 알의 모래알일 뿐

노란 꽃봉오리 슬픈 리본만 헐렁이며 춤을 춘다

작품해설

언어의 조형물로 그려진
구체적 그림 한 폭

지연희 | 시인, 수필가

언어의 조형물로 그려진 구체적 그림 한 폭

지연희(시인, 수필가)

김건중 시인의 시를 감상할 때면 무언가 가슴 한 자락을 훑고 지나는 큰 울림이 있다. 언젠가 가슴 자락에 머물던 바람의 손짓과 마을 오솔길 양지바른 야생화들의 군락 속에서 흔들리던 초자연의 마음 밭을 만나게 된다. 무명 치마저고리를 입고 허리에 질끈 낡은 무명 끈 동여맨 어머니의 하얀 목화송이 빛 순연한 숨소리를 듣게 된다. 맑은 순수의 개울물 소리가 흐르는 김건중 시인의 시문학 정서는 인간의 가장 근원적 감성을 자아내는 흙의 빛깔이다. 더불어 모든 희로애락의 근원을 짚는 강인한 생명의 힘을 김건중 시에서는 명증하게 만나게 된다.

2013년 계간 문파문학 신인상 공모에서 시 부문에 당선되어 시인으로 사단법인 한국문인협회와 문파문인협회 회원으로 활동 중인 김 시인은 현재 팔십 초입의 고령임에 분명하다. 그럼에도 노익장을 과시하며 매 작품마다 훌륭한 언술로 시 문학의 절묘한 미학을 보여주고 있어 동료 문우들로부터 칭송을 받고 있다. 이는 일찍이 예술적 재능을 서예로 그림으로 다져온 예술혼의 유산이 아닌가 싶다. 젊음의 시절 언론인으로 청와대 출입 기자로 활동하던 필력이 꽃을 피워낸 셈이다. 20여 년 공무원 기관장으로 재직 시에는 직원들의 정서 함양을 위해 서예 서클을 만들어 공무원의 경직된

생각을 정서적으로 이끌어내는데 힘을 기울였다. 그만큼 김 시인
은 애초부터 藝人이었다는 생각이다.

온 하루가 비어있다
전화기도 숨죽이고
TV도 말문 닫고
아내마저 출타하고
가을 햇살 슬금슬금 마루에 기어 오는 오후
　　　-중략-
80곡예曲藝 무엇을 위해
춤을 추었는지
되돌아가는 세월의 다리 없어
고무풍선 바람 빠지듯
맨손 쥐고 있다

창문 열고 밖을 보니
빈 하늘에 구름 한 조각 한가로이 퍼져 있다
　　　　　-시「빈, 하루閑日」중에서

깜깜한 밤의 어둠이 더듬더듬 내려앉는
성지 같은 고요가 흐드러지게 피는 새벽
뭐 하나 건져낼 수 없는 빈 허공이다
　　　　-중략-
산모의 진통 같은 건 아예 없었다
빈 발자국도 아직 숨죽이고
신성한 하늘만 걸어놨는데

아스라한 어둠 차분히 잦아질 때
부지런한 박새 한 마리 눈만 때꿍

어떤 집 아가 잠든 소리 아직 평온한데
환경미화원 무거운 손수레가
바람 빠지듯 새벽을 가른다
　　　　– 시「길 위에 새벽을 놓다」중에서

　　화폭에 접사하던 예술혼의 색채가 시어의 물결 위에 얹어져 감
성을 채색하고 있는 김건중 시의 언어는 경건한 의미의 견고한 조
화를 보여준다. '굴곡진 세월 허풍처럼 펼치고/정막이 몰고 온 옛
일 다림질하다/게눈 감추듯 잃어버린 젊음'이라는 80곡예에 접어
선 어느 한가한 날의 성찰이다. 최선의 나날들에 투신한 지난 시간
의 편린들이 추억으로 쌓이지만 이는 잃어버린 젊음처럼 허망으
로 남았다는 소회가 깊다. 게눈 감추듯 순식간에 흘러간 세월의 아
쉬움 뒤에 남은 건 고무풍선 바람 빠지듯 맨손 쥐고, 창문 밖 빈 하
늘에 구름 한 조각 한가로이 퍼져 있는 쓸쓸함을 이 시는 그려내고
있다. 전화기도 숨죽이고 TV도 말을 닫고 아내마저 출타한 날의 가
을 햇살 슬금슬금 마루에 기어오르는 오후의 빈 하루가 클로즈업
되어 시선에서 가슴으로 잇는 한가로운 정서를 맞이하게 된다.
　　시「길 위에 새벽을 놓다」의 시는 하루의 시작을 말한다. 미화원
아저씨의 무거운 손수레가 하루의 길이 되고 저마다의 힘겨운 일
상이 문을 여는 새벽길은 한 시인의 사유의 그늘로 깨어나고 있다.
'깜깜한 밤의 어둠이 더듬더듬 내려앉는/성지 같은 고요가 흐드러
지게 피는 새벽/뭐 하나 건져낼 수 없는 빈 허공이다' 어떤 역동적

움직임도 들리지 않는 밤으로 잉태되어진 새벽의 상큼함이 시야에 들뿐 무엇 하나 건져낼 수 없는 빈 허공이 가득하다. 부지런한 박새 한 마리 눈만 뜨고, 어느 집 잠든 아가의 숨소리 평온하게 들리는데 환경미화원 무거운 손수레가 바람 빠지듯 새벽을 가르고 있다. 시인이 그려놓은 이 새벽의 고요는 숨 가쁘게 이어질 하루의 무게를 환경미화원의 무거운 손수레로 예감하게 한다.

등성이 휘어진 긴 긴 목화밭
목화솜 이불 만들어 아들 장가 보낼랴
호미처럼 굽어버린 늙은 엄메야

금방 쏟아질듯 구름떼 몰려오고
생떼 같은 큰자식 빨치산에게 묶여
끌려가던 그날 밤

뒷산에 서답바위에는 빗물이 고였고
한 많은 소쩍새도 울지 못해
긴 나래 접고 돌아갔단다

머리에 흰띠 두르고 누워버린 엄메는
야무진 황달병에 거친 숨 몰아쉬고
늦은 밤 외양간엔 늙은 황소가 눈만 멀뚱 멀뚱
쇠죽 쑤는 가마솥은 까맣게 식어 버렸고
불 지피던 부지깽이는
그만 잠이 들었다

엄메야~
메아리가 없다
　　　　- 시 「엄메야」 전문

살림 구석진 곳 치우다
뜻밖에, 어머니 생전에 손때 다닥다닥 붙은
조롱박 한 개 뛰쳐나왔다

쌀 뒤주에 엉겨 붙은 어머니의 넝가슴
서럽게 앞길 가린다

감자밥도 먹기 어려웠던 시절
쌀 뒤주에 박힌 조롱박은
시아버지, 새끼들 밥상에 올릴
쌀 한 톨 없을 때
곰 삭이는 아픈 마음 마를 날이 없었다
　　　　　-중략-
세월은 가고 임도 또한 가신 지 오래인데
좀 쓸어 뚫린 구멍으로
백옥 같은 어머니의 환영이 쓸쓸하게 웃고 있다
　　　　　　- 시 「조롱박」 전문

　　시 「엄메야」와 시 「조롱박」은 어머니를 부르는 자식의 목멘 육
성을 듣게 된다. 누구나 인간으로 존재하는 사람이라면 절대적 관
계로 이어지는 '어머니'에 대한 사모곡思母曲이다. 만물의 근원이라

말하는 어머니를 위의 두 편의 시는 절절한 언어로 그려냈다. '등 성이 휘어진 긴 긴 목화밭/목화솜 이불 만들어 아들 장가 보낼랴/ 호미처럼 굽어버린 늙은 엄메야' 자식 사랑에 호미처럼 깊게 등 굽 어진 어머니의 희생이 낱낱으로 묘사된 이 시는 시대의 희생양으 로 빨치산에게 묶여 생떼 같은 큰 자식 잃어버린 어머니의 슬픔이 가득하다. 종내는 야무진 황달병에 거친 숨 쉬다가 '쇠죽 쑤는 가 마솥은 까맣게 식어 버렸고/불 지피던 부지깽이는/그만 잠이 들었 다'는 어머니 부재의 아픔을 선명한 이미지로 보여준다.

시 「조롱박」 속의 핵심인물도 어머니이다. 어머니 살아생전의 숨결을 쌀 뒤주 속 조롱박을 통하여 감지하고 있다. '살림 구석진 곳 치우다/뜻밖에, 어머니 생전에 손때 다닥다닥 붙은/조롱박 한 개 뛰쳐나왔다//쌀 뒤주에 엉겨 붙은 어머니의 냉가슴/서럽게 앞 길 가린다'는 가난한 살림을 꾸려가시던 어머니의 고단한 삶이 온 전히 쌀 뒤주에 엉겨 붙어 서럽게 앞을 가리는 화자의 눈물이 보이 는 듯하다. 감자밥도 먹기 어려웠던 시절의 편린들이 어머니의 숨 결로 묻어나고 있다. 시골 뒤안간 지붕 위에 넝쿨 뻗어 만삭의 배를 키우고 쌀 뒤주에 박힌 조롱박은 홀로 쓸쓸히 남아있지만 어머니 부재의 그리움이 겹으로 남는다. 조롱박은 이제 흘러가 버린 세월 을 담아 좀 쓸어 뚫린 구멍으로 백옥 같은 어머니의 환영을 담아 쓸 쓸하게 웃고 있다. 생전 어머니의 모습을 놓치지 않으려는 시인의 시선이 구멍 난 조롱박 속에서 그리움으로 흐른다.

그대 만난 지 얼마 되었다고
어느덧 반세기를 넘는 금혼일金婚日인가

형식 갖춘 자식들 허드레 인사로
축하한다고 말하고
손자, 손녀마저 제집 찾아간

푸석한 밤, 잠이 오지 않는 듯
벼게 고쳐 들고 돌아눕는 당신
눈가에 깊은 주름 검버섯 낀 얼굴
시고 매운 뿌리 얼마나 깊었었나
가슴 열어 세월 더듬으니
          -중략-
이제 당신의 응아리 소리에도 귀가 열리고
눈으로 말해도 알아듣는
무던한 세월 되었는데

따스한 고비 언덕
손잡고 같이 가자는 어설픈 기약 허공에 멈춘다
                    - 시「금혼일金婚日」중에서

시퍼런 겨울 칼바람
머리에 이고 고단한 삶의
여정에서 서로를 잡고
위로의 말 건넬 사람 그대밖에 없다

가슴에 묻은 어두운 말들 모두 꺼내어
하나씩 햇볕에 말리며
두근거리는 새벽을 이어온

녹슨 지난 세월

이제 새롭게 마주 보며 잡은

손 마디가 너무 따스하다

그대 품에서 편히 자고 싶은

세월 무던 종점에서

희미한 촛불 녹아내리듯

슬며시 살고 싶은 것 욕심이런가

- 시 「동반자」 중에서

시 「금혼일金婚日」은 50년 함께 살아온 아내를 향한 순도 깊은 사랑이 묻어나는 시이다. 위편에서 어머니를 그리던 육성 못지않은 아내에게 바치는 화자의 연서이다. 사랑한다는 말 하지 않아도 알아 느낄 수 있는 금혼의 부부로 소통되는 깊은 신뢰의 믿음 어린 사랑이 가슴 훈훈하게 하는 시다. 세상사에서 어떤 의미이든 '진실'이라는 표제 앞에서는 절대자 앞에서의 약속처럼 티끌 없이 투명하다. 시 「금혼일金婚日」은 가장 순결한 마음으로 대상인 아내에게 보내는 연서이어서 헤일 수 없을 만큼의 감동이 인다. '형식 갖춘 자식들 허드레 인사로/축하한다고 말하고/손자, 손녀마저 제집 찾아간//푸석한 밤, 잠이 오지 않는 듯/베게 고쳐 들고 돌아눕는 당신/눈가에 깊은 주름 검버섯 긴 얼굴/시고 매운 뿌리 얼마나 깊었나/가슴 열어 세월 더듬으니' 손 끝에 감각되어지는 가슴 깊은 시선의 언어가 감회로 눈부시다.

시 「동반자」 역시 아내를 만나고 세월의 유구한 흐름 속에서 오늘에 이르기까지 인연이 돼 동반자라는 이름으로 살고 있는 관계

를 시인은 충심 어린 마음으로 감사하고 있다. '시퍼런 겨울 칼바
람/머리에 이고 고단한 삶의/여정에서 서로를 잡고/위로의 말 건
넬 사람 그대밖에 없다'는 유일한 사랑의 전형을 보여주고, '가슴에
묻은 어두운 말들 모두 꺼내어/하나씩 햇볕에 말리며/두근거리는
새벽을 이어온/녹슨 지난 세월/이제 새롭게 마주 보며 잡은/손마
디가 너무 따스하다'는 안위의 믿음도 그대 동반자 이외의 누구도
아니라는 절대 사랑의 가치로 대변하고 있는 것이다. 하여 '그대
품에서 편히 자고 싶은/세월 무딘 종점에서/희미한 촛불 녹아내리
듯/슬며시 살고 싶은' 의지는 생의 마지막을 그대 품에서 장식하고
싶다는 화자의 바람으로 읽게 된다. 시 「동반자」의 메시지는 완숙
한 사랑, 진정한 사랑이 피워낸 한 송이 꽃향기를 맡게 한다.

> 언덕바지 계단 골목 여러 번 지나
> 비로소 하늘 가린
> 집 한 채
>
> 대지 9평에 건물 6평의 무허가 둥지다
> 30대에 처음으로 마련한
> 대궐보다 크고 넓은 마당 부럽지 않은
> 내 집
>
> 쪽문 기둥에 내 이름 석 자
> 문패를 처음 달 때
> 가슴은 희망에 뛰었고
> 손끝은 떨렸다
>   -중략-

아내는 어린애 등에 업고
연탄 두세 장 머리에 이고
계단 골목골목 지나
아궁이에 불 지필 때
아랫목은 따스했다

봄이면 담장 밑 좁은 틈에
봉숭화, 채송화 아침 햇살 머금어 피고
까치 두세 마리 지붕 위를 날았다.
                    – 시 「문패를 달며」 중에서

목마른 언덕바지에 올매 졸매
처마 맞대고 가난한 도시 변두리

도시개발 굴삽에 떠밀려
떠나온 새장처럼
움막집 지어놓고 살을 맞대고 사는 보금자리

한 집은 스레트요
그 건너 집은 천막 지붕 올리고
꼬부라진 골목길 사이에 두고 누워 있는 터전

이곳에도 봄은 오는가
한 뼘 마당에 양지바르다

물기 막 번지는 목련 나뭇가지

탱자나무 울타리 너머 꽃부리 여물고

물받이 항아리 밑에

수줍은 채송화 거친 흙 뒤집고

고개 들어 꽃잎을 준비한다

골목쟁이 계집애들 공기놀이 하다

깔깔대는 웃음소리

어느 집 처마 밑에 갓난아기 울음소리

서로 엇박자로 시끌하다

　　　　　　　 – 시 「변두리에 봄은 오는가」 중에서

　시 「문패를 달며」와 시 「변두리에 봄은 오는가」는 가난하지만 사랑으로 둥지를 틀고 첫 아이를 낳아 기르며 큰 불평 없이 살았던 젊음의 시절을 추억하고 있다. 남편과 아내라는 이름으로 내일을 꿈꾸며 그대로 행복했던 시간들을 이 두 편의 시는 감동적으로 그려낸다. 30대 나이 쪽문 기둥에 내 이름 석 자 문패를 달며 손끝이 떨릴 만큼 행복해하는 화자의 모습이 아름답다. 당시만 해도 내 집을 마련한다는 일은 쉽지 않은 일이어서 화자의 기쁨의 크기를 가늠하게 된다. 무엇보다 60년대는 연탄불을 연료로 삼았던 때이다. 그나마 넉넉지 못한 가정에서는 낱장의 연탄을 구입하여 생활하던 시절이다. '아내는 어린애 등에 업고/연탄 두세 장 머리에 이고/계단 골목골목 지나/아궁이에 불 지필 때/아랫목은 따스했다'는 그 따스함의 온기로 살았던 기성 시대의 자화상을 섬세하게 그려내고 있는 시이다. 가난은 결코 불행한 것이 아니며 작은 기쁨이 행복이 된다는 사실을 이 시는 입증하고 있다. 봄이면 담장 밑 봉선화, 채송화 피고 까치 두어 마리 지붕 위를 나는 내 집 소유의 소박한 기쁨을 잘 그려내 주었다.

시 「변두리에 봄은 오는가」 또한 반세기 전의 삶의 공간이다. 목마른 언덕바지에 올매 졸매 처마 맞대고 사는 가난한 도시 변두리 동네는 도시 개발 굴삽에 떠밀려 움막집 지어 놓고 살 맞대고 사는 보금자리이다. 스레트 천막 지붕 올리고 꼬부라진 골목길 사이에 누워있는 터전을 말한다. 이 열악한 공간에도 봄은 오는가- 화자는 경이로운 눈으로 이곳에 찾아드는 봄을 몸짓을 추억의 통로로 끌어오고 있다. '한 뼘 마당에 양지바르다'로 시작하는 이곳 봄의 환희를 붓끝에 오색 물감을 담아 그려내고 있다. 물기 막 번지는 목련 나뭇가지- 탱자나무 울타리 너머 꽃부리 여물고- 물받이 항아리 밑에 수줍은 채송화 거친 흙 뒤집고- 골목쟁이 계집애들 공기놀이 하다 깔깔대는 웃음소리- 어느 집 처마 밑에 갓난아기 울음소리- 삯품 팔이 나간 엄마- 새벽에 나간 아빠- 그래도 비둘기 한 쌍 지붕 위에 내려앉아 새봄을 열고 있다는 것이다. 어쩌면 지상의 어느 곳보다 소박하고 순연하게 찾아드는 가난한 변두리의 봄을 시인은 깊은 영혼의 메시지로 담아내고 있다.

> 온종일 쉬었다 멈췄다를 반복해 노래 지르는
> 소리사의 마이크도 멈춘 지 오래고
> 순댓국 집 양은 솥도 식어버린 지 오래지만
> 막차 손님 기다리는 군밤 장사는
> 가스 촛불 키어들고 발만 동동
> 허슬퍼 잠이 오는 가로등 하나 제 그림자 감추고
> 멍청하게 서 있다

시계는 이미 12시 한밤을 코앞에 두고
힘겹게 고개 넘은 마지막 버스가
고래 등 터지는 소리 달고 도착하는 시간

이제 막 결혼한 신부가 일터에서 오는 신랑 맞아
손잡고 굽은 길 들어가고
삼 교대 노동 끝내고 돌아오는 육십 고개의
중늙은이도 새끼 기다리는 집 들어간다

버스는 더 이상 갈 곳도 없고
손님도 더 갈 곳이 없지만

내일 아침에도 해는 다시 밝아온다는 믿음
종점의 밤은 깊어만 간다
                        - 시 「종점」 중에서

　시 「종점」의 공간은 더 이상 걸음할 수 없는 버스의 종착점이며
사람들도 더 이상 뻗어나 생의 터전을 잡기에는 불편함이 가중되
는 곳이다. 때문에 이곳을 기점으로 사는 사람들은 늦은 밤 막차에
서 내려 '이제 막 결혼한 신부가 일터에서 오는 신랑 맞아/손잡고
굽은 길 들어가고/삼 교대 노동 끝내고 돌아오는 육십 고개의/중
늙은이도 새끼 기다리는 집 들어간다'는 도심 밖 가난을 희망으로
엮어 사는 허름한 동네이다. 깍바른 언덕바지 머리 맞댄 나지막한
집들, 내 집 네 집 담장 없이 사는 굽어진 골목길에 연탄재 차갑게
떨고 있지만 귀가 늦은 가장을 기다리는 등불 별빛처럼 반짝인다.

늦은 밤 '소리사의 마이크도 멈춘 지 오래고/순댓국 집 양은 솥도 식어버린 지 오래지만/막차 손님 기다리는 군밤 장사는/가스 촛불 켜들고 발만 동동/허슬퍼 잠이 오는 가로등 하나 제 그림자 감추고/멍청하게 서 있다'는 이곳은 종점 사람들 나날의 보금자리 이 터전에 연명하며 '내일 아침에도 해는 다시 밝아온다는 믿음'으로 살아가고 있다.

김건중 시인의 시는 어둠을 밝히는 등불처럼 도심 변두리에 사는 가난한 사람들 희망의 빛으로 존재한다. 어떤 크기의 좌절과 절망 속에서도 내일은 다시 해가 뜰 것이라는 기대가 있어 '어둠에서 빛으로' '절망에서 희망으로' 잇는 내일을 내다보게 한다. 비교적 가난한, 소박한 사람들의 실상을 모티브로 그려낸 시편들을 모아 언급한 이 작품평은 시인이 투시한 영혼의 빛깔을 간추려 채색하기를 시도해 보았다. 김 시인의 시의 강점은 작은 의미 하나 놓치지 않는 세필화 같은 묘사법이다. 대부분 언어의 조형물로 그려진 구체적 그림들을 만나게 되는데, 때문에 독자를 쉽게 설득시키고 있다. 격랑의 역사 먼 시간 저편에 움츠리고 있던 가난한 사람들의 고단과 아픔을 세상에 고발하고 그 시대가 지녔던 인내와 노력이 헛됨이 아니었다는 사실을 아름다운 문체로 그려주었다. 시인의 성공적인 첫 작품집 상재에 축하와 더불어 더 큰 기대로 이 글의 맺음을 접는다.

김건중 시집 │ 길 위에 새벽을 놓다